可不可以，你也刚好喜欢我

肆一 著

九州出版社
JIUZHOUPRESS

没有人会失去所有，
至少，你还有自己

　　那些坚持不松手却还是失去的；那些费尽心力获得却又消逝的；那些忍着不哭却总还是红了眼眶的；那些解释不了却感受清晰的，以及那些以为再也好不了终于结了痂的，每个人都是好不容易，才走到了这里。爱情有好有坏，但愿我们都不要再惦记着那些受伤的记忆，如果已经留不住一个谁，希望可以留下自己。至少，你还能够拥有你自己。

　　我们常常都希望自己可以坚强，但坚强一直都很难。往往不知怎的，却总是拽着伤不敢喊叫。如此小心翼翼，因为担心只要一嚷嚷就真的成真，从此如影随形。甚至在有些时候，连要给予自己祝福都做不到。祝福，也需要花费力气。

所以，这本书是祝福。当你感到无处可去的时候，会知道还有个地方可以收容自己；当你感觉快要不爱自己的时候，有人会在背后默默为你打气；当你觉得自己是一个人的时候，知道有个人懂你想要说的话；当你发现自己快要哭的时候，有个人会给你拥抱。这是这本书的初衷。

也因此，才特地选在一年即将开始的时候发行。希望赶在一年的初始，这本书可以给大家接下来一整年的祝福。

书里收录了 64 篇短文，这 64 篇短文代表了一年里的 52 周，再加上每个月 14 号的情人节；还有 4 篇长文，示意的是元旦、农历春节、七夕、圣诞节这 4 个加倍难熬的日子，希望陪伴着你度过接下来的一整年时间。

2

我期许在那些幽暗无光的时刻，你能够随意翻开任何一页，只是一点点的话语，就像是朋友留在你桌上的打气字条一样，没有负担、没有强迫，然后给予一点力量。这是这本书里我想要努力做的事。然后，也重新拿起了画笔涂鸦，就像是朋友总会在留言结束时所画上的笑脸图案。

这是第三本书。始终要谢谢购买我的书的朋友，是你们陪我走到这里，就像是一种依偎，你们从我这边或许得到了一点温暖，但我也同样从你们身上获得了力量。我们都是一样的，都很努力，即使伤痕累累也不想对不起自己。

当然，也谢谢我的家人、朋友，有好多事都是从你们身上学到的。

这本书，写给每个心里还隐藏着爱的人。累了，就歇一下；倦了，就躺一会儿，不心急、不勉强，好好守护心里那些关于爱的初衷。只要不忘记，有天就会派上用场。

也要一直不断去提醒，没有人会失去所有，因为，你还有你自己。也不必急着去讨好谁，你最先要讨好的，只是你自己。没有该为了谁，仅仅是让自己去感觉到好，就很足够。就像是我在这本书里每则短信末一直想要给予的。

最后的最后，我们下次试着把脱口而出的"我做不到"变成"我再努力试试看"。

祝好。

CONTENTS 目·录

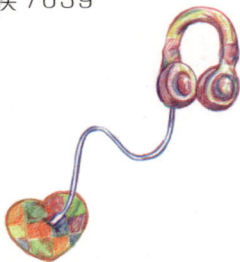

Chapter 1

当你感觉

不爱自己的时候

他走了，但至少你可以留下自己

一个男人的告白："爱情是什么？丰富生活、调剂身心、传宗接代？以上皆是。唯一错的是，把它误当成生命的全部。"

分手的方式有很多种，但结局却常常只有两种，就是：不那么伤心以及很伤心。

因为来得太突然，你无法确定究竟是惊讶愤怒还是心痛悲伤？就像是突然间挨了一记耳光，你还在微笑着，只感觉一阵风刮过自己的脸颊，你搞不清楚发生了什么事，只有呆站在原地，然后，热辣辣地，一阵麻颤就冲了上来，痛。也因为力道太猛，只有闷闷的嗡嗡声在你的耳朵里回荡着。他说分手，理由是什么？你怎么都没有印象。终于，你才感觉到痛。

跟着，脸颊就湿了，你直觉那应该是血液。

因为痛楚是从心脏涌出的，不是眼睛，所以你猜那会是红色的液体，而不是眼泪。等到理智恢复的第一个念头，你想到的还是他。他，为什么不要你？是不是自己哪里犯了错？一定是自己不够好，所以，他才会决定分手。他离开你了，但你首先想到的、总是思考到的，却全都是自责。

原来、原来，失恋最可怕的并不是他离开了你，而是你不问对错地还想要他回来。

只要他愿意回头，你可以不计前嫌、不管是非，你什么都可以不要，就是不能够不要他。之后清醒了你才懂，这原来是一种自我否定。你用贬低自己的方式去换回爱情，以为只要自己低声下气、捂住耳朵，就可以让爱情回头。一直以来你从不觉得自己是爱情里面的弱势，可只在一个瞬间就把自己全盘输掉。因为你觉得，输了爱情，赢得自己又有什么用。

于是你发短信、打电话、在脸书上留言、到

办公室楼下等他下班……任何可以接触到他的方式你都不放过，再从他的一举一动中找可能复合的蛛丝马迹。你思考了这么多，却从来都不记得他离开的理由，只惦记着如何要他回来。一直到听到风言风语，你才猛地惊觉，自己竟变成了连自己都害怕的"前女友"。原来你的择善固执，在外人眼中不过是歇斯底里。

而你始终都忘了一件事，先说不要的人是他，怎么是自己去求他回来？离开的人是他，你始终都站在原地、你从来都没有走开，如果他要回来的话，一定找得到你。如果他想要的话。

你终于搞懂了一件事，想要回来的不用乞求，而若要远行的也不必挽留。因为，爱情不是公民道德，没有法律约束，只有自由意志。

"恋爱时，你最不需要的就是你的自尊；但分手后，可以救回自己的也只有你的自尊。"最后，有人跟你说了这句话，于是你大梦初醒。如果一个人连你的爱都不要了，你的自尊对他来说更没有任何意义，但对你来说却可以是往后赖以为生的凭借。

终于你才了解，或许在爱情里可以没有自己，但如果爱情没了，请至少要留下自己。保留下那个还有勇气再去爱的自己，不要连信仰都输掉。你永远都要这样记得。

Dear,

你很美、你很好，
所以，你不需要再试着去讨好谁，
你唯一要做的，只是做你自己。

这世界，声音很多，也充斥着眼光，
但这些都不能够阻挡你的快乐，
你，只要讨好自己，就足够。

明天，太阳还是会出来，
天黑了之后就是天亮。
你要讨好自己，因为你是你的。

祝好。

我曾经以为，
只要变成别人就会有人爱我。
但是后来才明白，
要是自己不喜欢自己的话，
一切都没有意义。

Dear,

你知道吗？
这世界上有一些东西是，
眼睛看不见、手触摸不到，
但却是真真实实存在着，
就像是温柔，就像是梦想。

爱情也是这样，
是要相信了，才会存在。

爱情这种东西是，
你先放弃了爱，爱才会背离你。

祝好。

天真地以为，只要蒙住眼不管不问，
就可以得到幸福。
后来才发现，在伸手不见五指的黑暗中，
就连爱情都看不见。

Dear,

我常对你感到心疼。

我的心疼，并不是来自你的单身，
或是偶尔的孤单，
因为，
自始至终我都觉得爱情不是非要不可。

纵使有了爱，人生或许可以更有滋味，
但爱情并不是阳光、空气，
人需要仰赖着它才能活下去。

我心疼的是，
我知道你不是没有爱，也不是不想爱，
而是受过伤、心碎过，所以怕了。

所以，才不要了。

当然，

一个人也很好，只要开心就好。

但是，人生有很多可能，

爱也是其中一种，你不一定要，

但也请不要在它来的时候别开脸去。

我最心疼的其实是，

你把自己摆到了爱情之外。

祝好，然后有爱。

Dear,

爱情，
只有"喜欢"不够，这是当然。
但爱情，如果没有"喜欢"的话，
就什么都不够。

一个人所有的好你要不要接受，
都是建立在喜欢上头，
就像是，你可以喜欢一个人的好，
但不要是因为一个人对你好才喜欢他。

你要懂这点，才不会辜负别人，
也才不会浪费自己。

祝好。

喜欢是一把钥匙。

你可以努力去尝试打开爱情的门，

但不要勉强别人来爱自己，

也不要勉强自己去爱一个谁。

Dear,

爱一个人，

很容易就会想要对他好。

这是一种必然，因为想要他好，

更因为，唯有他好了，自己才能够好。

但是，

好却很容易不小心就变得可怕。

有些人会把好当作一种习惯，

这样就会把爱变得不好。

如果遇到了这样的人，

请先把要给他的好收起来，

先对自己好。

祝好。

如果每天都认真练习伤心，

有一天，是不是就不会再伤心？

Dear,

每一个人的身上都会带点伤。

差别只是，
你想着自己再也好不了；
或是，
你觉得自己会慢慢变好。

我们没有能力去确保别人不伤害自己，
但却能够做到在受了伤之后，
不再凝视着伤口。

至少，
你可以做到不让伤害去改变自己的良善。

祝好。

只要受过伤，就会不一样。

纵使疤再淡、别人再无法轻易察觉，

但只要自己一张望，就是显眼的存在。

可是，没有人会跟以前一样，

人本来就会随着时间改变，

不同的只是，去变坏，或是变更好。

Dear,

你说，爱情让你失去了原本的自己。

但是，"原本的自己"又是什么呢？
人本来就是会不断成长跟学习的生物。

也或者说，
就因为经历过事情，然后不断学习，
最后再总结出来一个成果，
变成了"自己"。

人本来就不是一直不变动的生物，
不是吗？

爱情是两个人，
所以很难一直保持刚开始的模样，
但这也是一种学习，让你更了解自己。

所以，
请不要拘泥什么是"原来的自己"，
重点是，你想变成怎样的人，
又希望自己是怎样的人。

然后，
再去努力变成一个喜欢自己的人，
就够了。

我想，
只要是喜欢自己的自己，
就是原来的你。

祝好。

Dear,

你可以借由被爱，
来证明自己的存在与价值。

但千万不要因为不被爱，
就否定或厌恶自己。

爱情或许是一种肯定自己的方式，
但去喜欢自己，却不需要理由。

祝好。

有时候，

我觉得自己像张邮票，

不时髦、缓慢，但却真实，

等待着被谁投递。

Dear,

我不会说，爱自己比较实在。

因为不管爱自己，或爱别人，
都是要快乐，才比较实在。

我会说，爱自己，比较容易。
只是，人常常都忘了要爱自己。

但是你却不可以把爱自己当作唯一选择，
因为如果可以爱上一个人，
然后幸福，也很好。

你要继续爱自己，不求别人来爱你，
但也请不要排斥有天与某个谁相爱的机会。

祝好。

我们无法求一个谁来爱自己，
但至少，我们可以知道，
自己追寻与等待的，是什么。

Dear,

你说，

你不懂为什么人长大就会变得虚假。

我想，是因为大人都很不勇敢的关系。

大人记性很好，

只要受过一次伤，就会一直记得，

所以才会在一开始就先自我保护。

不像小孩，昨天的伤今天就忘。

但大人记性也不好，

爱过之后，只会记得痛，

然后忘了相爱时的美好。

我想，这是因为大人也都很脆弱。

所以其实大人很哀伤，

总是记得不好的事，忘了美好。

好记性总是用错地方。

人一定都会长大，没关系，
但无论如何，
都要努力去当个勇敢的大人。

因为，变成大人并不可怜，
不知道自己为什么是大人，才可怜。

祝好。

Dear,

其实，
你并不需要他来说服你什么，
而是你可以坚定自己，
就像是当初你爱他一样。

因为，
到头来你所有的选择，
都是为了让自己更好，
而不是把希望寄托在他身上，
然后跟着他悲喜。

你的快乐，
并不需要他来决定。

祝好。

该把淋湿的心，拿出来晒晒了。

Dear,

你怀疑，
有些事是不是永远都习惯不了？

例如，
心痛，那种倾诉不了的悲伤；
又例如，
寂寞，那种心空了一块的感觉……
它们常常都比碎裂更叫人难受。

你曾以为只要多练习，
有一天总可以习惯。

但是、但是，每次发生，
都像是新的，每一次的痛都一样剧烈。

甚至，每受一次伤，

就多夺走一些你的勇气。

于是，
你开始觉得自己永远都无法习惯。

然后，你也才懂了，
有些伤口，永远都好不了，
你无法去习惯它，只能去接受。

去接受，或许无法让伤口复原，
但至少会让自己的心健康。

祝好。

Dear,

或许，他在忙；
或许，他没有看到信息；
或许，他只是忘了回复。

你的一千个或许，
都比不上他对你的，一个准许。

你的一万次猜测，
也比不上他对你的，一次点头。

或许，你该开始想想自己，
而不是他。

祝好。

我当然不喜欢你。

你没看见我用力到发青的手。

Dear,

我们都不完美，我们都会犯错。

但不同的是，
你不会把自己的错当作一种炫耀，
而他也不能要你原谅他。

因为，你的原谅是你的，
就如同，他的错是他的一样。
你再也不想拿他的错来惩罚自己。

你也知道，
其实没有人可以真的原谅谁，
就像是爱里面并没有亏欠一样，
每次的付出，都是自己的自由意志，
所以你只想对自己有个交代。

你把他的错还给他，而把原谅留给自己。

原谅那个纵容他的自己，
原谅那个伤害自己的自己，
今晚，你想放过自己，
换来一夜的好梦。

然后，你祝福自己，晚安。
能够安稳地度过这一个夜晚，
真正地，晚安。

祝好。

Dear,

你开始怀疑,
自己是否比较适合一个人?

在经历过几段不完美的感情后,
你甚至怀疑自己,是否有所欠缺?
是否缺乏了恋爱的能力?

但是,
没有一个人只能、只会、
只可以在某一种状态,
因为人有很多种可能,
常常超出自己的想象。

也没有人是完美的,
每个人都会有所不足,
但却也都拥有别人无法取代的优点。

这就是你之所以成为你，而不是他。

所以，"比较适合"并不重要，
重要的是，你想要什么，
然后去努力让它变成那样。

祝好。

Dear,

在大多数时候，
我们都知道什么事才是对的，
但在更多的时候，却也都做不到。

我想，
这是因为人不够坚强的缘故。
每个人都是这样。

所以，在失败的时候请不要一直自责，
你是做坏了，并不表示做错了，
常常，经历都只是一个过程。

时间，或许不能帮助你成就什么，
但或许，可以帮你坚定些什么。

祝好。

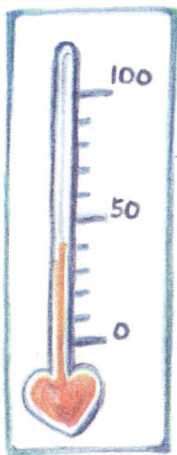

100-（伤害 × 年纪）= 勇气
或许随着年纪增长，
人会越来越没有爱的勇气。
没有人跑得赢时间，
但希望在它的面前，不是只有失去，
更多的是，获得。

Chapter 2

当你觉得

自己是一个人的时候

可不可以，你也刚好喜欢我？

可不可以，你也刚好喜欢我（三）

一个男人的告白："女人会因为一个人好，最后爱上他。当然男人也会，但这通常是在别无选择的情况下的决定。"

从来，爱情最难的都不是年纪、身份地位、金钱财富，或是外形长相，而是"互相喜欢"。

有一个点头、一个应允了，爱情才有机会可以成立，才有缘分能够往下走。"互相喜欢"是爱情的源头，所有的恋爱都是这样才得以开始，然后继续。因为，一个人的喜欢，再怎么努力也只能是单恋，主题词永远都是"我"，而不是"我们"。也因此你才懂了，单恋与相恋的最大差别是什么。前者是单数，后者是复数，爱情是要两个喜欢加在一起。

有人说，暗恋是一种美，但那种美好是建立

在不求回报上头。因为你心知肚明自己的心甘情愿，因为你清清楚楚这是一种单向的爱恋，所以也才能够由衷地开心。这种幸福是架构在自己身上，而不是爱情上头，所以会有一种轻巧。你拥有绝对的自主权，你可以决定它的开始与结束，毫无负担，在爱情里伴随而来的拉扯与挣扎，你也没有，多么美好。但你却忘了，你所拥有的，也都只是自己，而不是爱。

单恋，从来都不是一种恋爱的方式。不舍与挣扎都是某种爱情象征，再豁达也都得要先经过这一步。

可是，就因为爱情会让两个人在一起的幸福加乘，所以才叫人向往，于是才会在里头千方百计地偷拐抢骗。因此，你才会甘愿冒着可能心碎、被伤害、被拒绝的危险试一试。爱情是一种毒品，因为美好得不切实际，所以才很容易叫人上瘾、欲罢不能，也因此才会叫许多人即使受了伤咬着牙也要得到，才有更多人缩着肩、弓着背不敢再试。

　　然而，任何东西只要再加上另一个人就会变得更难。一个人时，爱是你的，你可以独自决定要喜欢谁、要把好给谁，没有人可以阻止。但无论自己再怎么付出、再怎么努力，你都无法去强迫别人来爱你。爱情是你无法去要求，只能请求，然后希望自己多一点好运。然而同时你心里其实也清楚地知道，在大多数时候，爱情都只有要或不要，而不是可以或不可以。

　　"可不可以"是爱情里最卑微的请求，你让自己退到最后，再不打算问对与不对，只希望他说一个好。

　　但到了最后终究是，喜欢一个人可以自己选择要或不要，同理，要别人的喜欢，也必须把决定权交给他自己，这是爱情少数公平的地方。而最重要的其实是，你尊重了自己的决议，同样也要接受他的才行。

因此，在问"你喜不喜欢我"的时候，同时你也要问问自己"要给自己多少时间去等待他的决定"，然后，尊重这个决定，就像尊重自己刚开始决定去喜欢他一样。

　　"可不可以，你也刚好喜欢我"是你在爱里最卑微的请求，但你的爱并不卑微，你永远都要这样记住。

Dear,

或许，在大多数时候，
我们想念的，
其实并不是那个曾经爱过的人。
你怀念的不是他的吻、他的拥抱，
而是，
那一段让自己感到幸福的时光。

你想念的，其实是爱，
以及那个在爱里的自己。

祝好。

或许，我们最怀念的，

并不是爱会使自己变美、变好，

而是，

当时的自己双眼看到的世界，

是绚丽多彩的。

Dear,

你说你讨厌一个人，一个人太孤单。

我说，
不，让人觉得孤单的从来都不是人，
而是心。

因为，
有时候即使在谁身旁，
还是会觉得孤单。

孤单，
从来都跟身边有没有人无关，
而是跟心里有没有个人有关。

你要找个人住进心里，
而不是住在一起；
你要贴进某个人心里，
而不只是靠在他身上。

祝好。

Dear,

爱情不总是仁慈，你很明白。

但是，
你宁愿是自己被爱所抛弃，
而不是自己先放弃了自己。

你接受爱情的残酷，
但你不打算跟它投降。

你还要再爱一回，
因为你独一无二，
因为你如此珍贵。

因为，你值得被爱。

祝好。

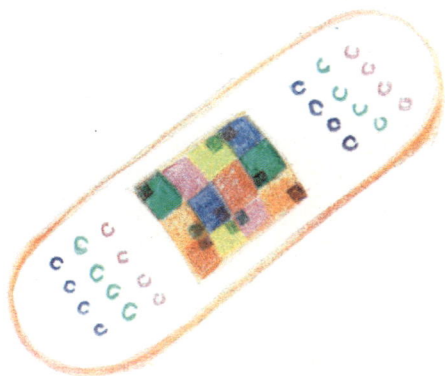

如果不小心受了伤，
就贴上最鲜艳的创可贴，
华丽地退场。
伤疤可以是一种逃避，
但也可以是一种纪念。

Dear,

你说，你还舍不得他。

我想，
那是因为已经无法拥有现在的他，
所以才会紧抓着曾有的过去不放。

你，把以前当成未来在过。

你一定误以为这也是一种保有，
所以手还不肯松，
因此有好长一段时间，还一直站在原地。

你也不要往前，
因为你觉得自己的未来在他那边，
你不要单独赴约。

但你一定忘记了一件事，
你的舍不得，其实并没有让你获得更多，
只是让你失去剩下的、仅有的自己。

过去已经要不回来，
但是，请不要把未来都一起留在他那边。

祝好。

Dear,

努力与强求的差别。

努力，
指的是用尽自己力气，但不问回报；
强求，则是在说，
你很拼命地要求另一个人要跟你同样步伐。

关于爱情，你只能很努力，
不是很努力要他来爱你，
而是很努力让自己无愧于心。

如此一来，即使没有了爱，
你还可以保有自己的心。

祝好。

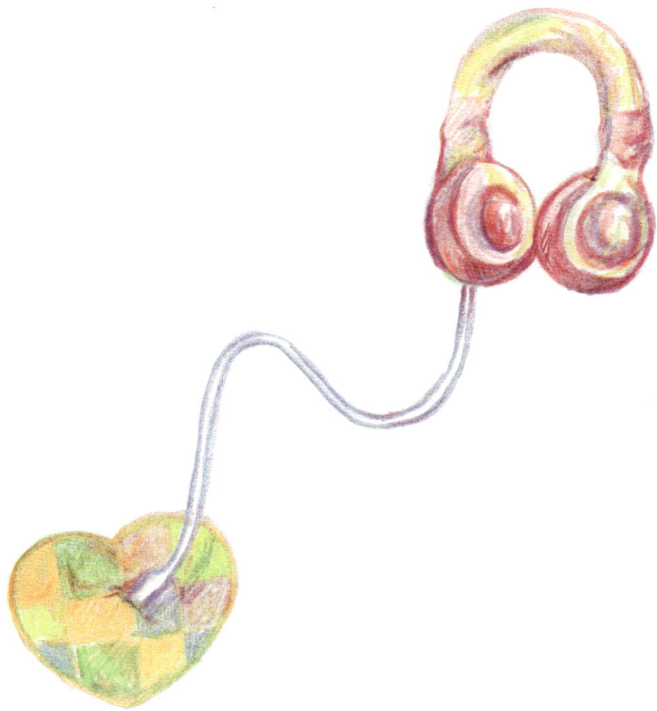

如果可以，

我想让你听见我的心跳声。

Dear,

常常，亲爱的人都不在身边，
所以你要准备一个指南针，
往他的方向看。

这样，你就会记得遥远的地方，
有一个谁也正在遥望着你的方向。
你就会记得，原来自己还有爱。

如果你最亲爱的，
还在某个你不知道的远处，
请你试着在心里摆上一个指南针，
你要先找出自己的方向，
而不是等他找到你。

这样，你就不会茫然，

你会知道你还有能力去爱，

只是你先把它收好，然后等待。

你不可以气馁，

你要随时看着自己的心，让它指引你。

祝好。

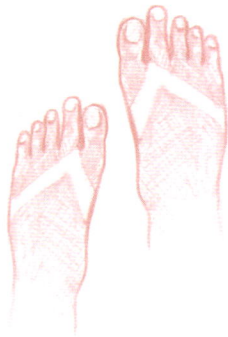

Dear,

朋友问你，适应一个人生活了吗？
你答不出来。

因为，
离开他，并不是适不适应的问题，
你是大人了，一个人也可以过得很好。

分手，从来都不是适不适应的问题，
而是，接不接受的问题。

祝好。

练习。

每天我都摆上一双鞋，

假装它是你。

Dear,

年轻跟长大的差别。

年轻的你，越难的恋爱你越不想放弃；
现在的你，则承认自己没有那种能耐。

爱情之所以不可得，
不是因为困难，而是因为珍贵。
得来不易的爱，或许让人更加珍惜，
但并不表示值得。

你用了那么多的日子才体悟到，
与其努力去把一个错的人爱对，
不如多花一点时间去找对的人。

祝好。

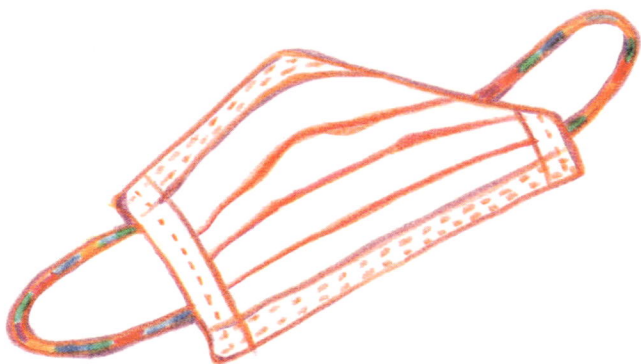

就像是感冒前的小喷嚏，
它是生病的善意提醒。
是不是就因为忽视了爱的警示，
才会一直找不到幸福。

Dear,

你不能要求别人不说谎，
但你可以做到对自己诚实。

你不能保证爱情不会变，
但你可以做到让自己不善变。

你不能勉强他人来爱你，
但你可以做到去爱自己。

你不能寄望生命不会有伤痛，
但你可以做到不伤害别人。

至少你可以做到，对得起自己。

祝好。

在某一天、某个时刻，走进一家店，
我相信，是命运之神让我们相遇。
但我也深信，是自己选择了你。
就如同，爱情需要运气，但更需要
靠自己努力。

Dear,

两个人能够走在一起，
喜欢是假的，爱才是真的；
两个人能够继续走下去，
爱是假的，珍惜才是真的。

祝好。

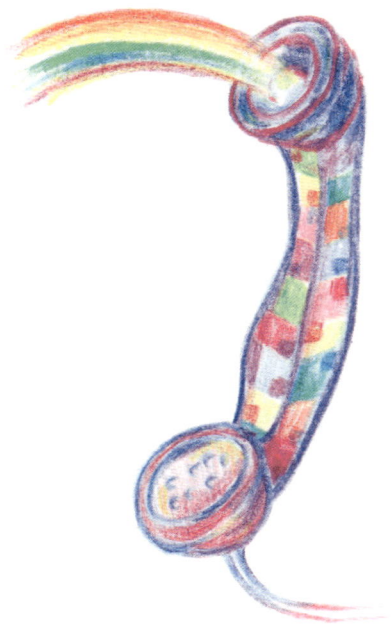

你："我正在回家路上，20分钟后到。"

我："好，路上小心哦。"

你不知道，

当你说"回家"的时候，我有多感动。

Dear,

你说：

"在感情里面，先认真的人就输了。"

这是你的体悟。

我说：

"在爱情里，先给爱的人不可悲，无法爱人才是。"

这是我的信仰。

祝好。

落单。

有时候，

我觉得就连影子都遗弃了我，

连它，都比我快乐。

Dear,

你问我，他为什么不爱你？

我反问，他为什么非要爱你？

你说，

因为你对他很好，

全世界再也没有人会对他这么好。

我说，

我们不能跟每一个对自己好的人谈恋爱。

就像是好，你不是他，

永远不会知道什么对他才是好。

你的好，只是你自己的，
就像他的爱，是他的一样。
你可以付出，但他也可以不要。

好是一种付出，好是一种对待，我知道；
但我更知道，好，不一定是一种爱。

帮自己个忙，不要把它给不想要的人。
这样才是对自己好。

祝好。

Dear,

爱一个人最珍贵的地方，
并不只是因为付出、
因为被拥抱或相依。

而是，
去爱一个人的过程，
其实也是慢慢发现自己的时候。

你可以在里头被宠、被珍惜，
但也会拉扯、互不相让，
然后得以成长，
到最后成为更好的自己。

祝好。

爱情黄灯。
有没有谁可以好心发明一种东西，
当爱情出现危机时，
可以发出警告？！

Dear,

在有些时候，

决定离开一个人，

并不是因为自己不爱他了，

而是，因为他不爱你了。

他已经做了对自己好的选择，

你也要，

而不是再想着怎样才是对两人最好。

你可以选择，

把爱先暂时收起来，

留给下一个爱你的人。

祝好。

我所拥有的，
最好的都在这里。
若你要，我都给你。
若你看不到，
就表示，我的好，你并不想要。

Dear,

或许，
在很多时候你只能这样去想。

如果跟一个人在一起，
需要时间与过程去建立起爱的话，
那么，失去的、毁坏的，也是一样，
也同样需要历程才能重建。

但无论如何，
都不可以放弃去爱人或被爱。
我始终都这样想。

可以慢慢来，但请不要放弃。
因为一旦放弃了，才是真被爱抛弃了。

或许他夺走了你现在的爱，

但未来的爱还是你的，不在他手上。

你只能这样想，接着，去度过今天，

到了明天，

你就会知道自己已经安然度过了今天。

然后，

再用同样的信念去度过新的一天。

有一天，终于痊愈。

祝好。

Dear,

那天你问我：

"为什么他不爱我了？"

我想，那是因为人会改变。

当时的你们，

因为爱的方向一样，所以走在了一起。

现在，

则是因为你们都不一样了，

所以才会分开。

人抵挡不过时间，这是一种不得已，

你只能跟着它一起前进。

爱情也是，你们都要一起成长，才行。

不要去追问为什么人会变，

就像你也无法追问时间为什么会流逝一样。

你说："但我没有变，我还爱他。"

我说："你不是没有变，只是'爱他'这点

没变而已。"

祝好。

Dear,

分手那么久，你还是会常想起他。

特别是最近，
天冷的时候，身体加倍需要取暖，
尤其是你的心，更是需要有人点盏灯。

你说，你不想忘了他，
你想要记得他的美好。
他曾给你的一切，
都是你现在赖以维生的温热。

我说，记得一个人的好很好，
即使分开了，
也不该去抹杀一个人的全部。
他的好你可以留在心里。

但我也想说，

他的好，应该是你用来前进的动力，

你用他的好，

期许自己可以再找到一个让自己好的人。

他的好，

不应该被拿来牵制你的未来。

你背对着未来，想着他。

你说，对不起，你还爱他。

我说，你没有对不起谁，

你只是对不起自己。

祝好。

Dear,

他说，没有很喜欢；
我说，其实，就是不喜欢。

因为爱情无法讨价还价，
就像是心一样，
要么就全给，要么就心碎。

祝好。

不爱的好就像七彩的泡泡，

看似绚丽，但一碰就破，

只留下一地的伤心。

那天，

你笑着对我说："人注定是孤单的。"

虽然嘴角上扬，

但却溢出了苦涩。

我说：

"是啊！人是孤单的，但要是途中有谁可以

做伴，多好。"

好好相处，好好珍惜，

到了最后，再好好道别。

这样，就很足够。

不离不弃，不分昼夜，
唯一不会离开我的，
就是"我的寂寞"。
每天，它都陪我散步。

Dear,

相恋是动词，所以会有你来我往；
单恋是名词，所以他可以不闻不问。

你要把爱变成活的，
谈一场互动的恋爱，
而不是单方面的，去爱。

祝好。

不管是"爱情"或是"恋爱"，
里面都要有两颗"心"，
一颗心，再怎么努力也成不了局。

Dear,

你说，天冷了，
照理说，知觉都会变得迟钝，
但心反而越发敏感。

于是你记起了那些要忘了的感受，
例如，
你几乎忘了拥抱的感觉；
你几乎忘了亲吻的感觉；
几乎也忘了，
旁边有个人一起入眠的感受。

手指的触感、肩膀的摩擦、眼神的温度……
你突然有点想念这些滋味，
然后，跟着害怕了起来。

其实你知道，自己最怀念的是，
爱人与同时被爱的感觉。

之所以害怕，
其实也不是因为担心忘了，
而是，你怕再也没有了。
其实我也会这样。

但是，
我宁愿自己是被爱情打败，
也不要在害怕面前投降。

祝好。

Dear,

你说，
你曾经把心里的位置空下来给谁，
然而最终他却缺席了。
从此，你再也不打算把位置留给谁。

你说，你再也不打算为谁伤心了。
我说，这样却伤了爱你的人的心。

你说再也不想当好人，但却伤了好人。

我想，
人懂得保护自己，很好，
但并不是非要把人往外推。

祝好。

博爱座。

"先生，我心碎了，可以让座给我吗？"

外表看不出来，

但心里的伤最难痊愈。

Dear,

有些事，就是非要经历过，
才可以真的去明了、去接受。

就像是从小听到大的那些道理，
你都知道，
但做不做得到，又是另外一回事。

所以，去试、去碰撞，
跟着几乎粉身碎骨后，
你才终于想起，
曾有个人这样叮咛过你。

"要是早听话，就不会白走这一遭。"
一定会有人这样冷言冷语。

但他们不知道，

你是绕了一圈才能够走到这里，

你是经过了挣扎，

今天才得以变得坚强与温柔。

他们不懂，没关系，但你心里清楚就好。

也只有你会明白，我们曾经推翻的，

原来都是为了让我们坚定信念，如此而已。

你自己肯定就好，不需要对别人交代。

祝好。

Dear,

因为担心太傻而不去恋爱，
才会让自己真的变成了一个傻子。

而且是，
一个没有爱的，傻子。

祝好。

有好长一段时间，
我的心里每天都在下雨。

Dear,

关于守密。
我不认为不希望别人知道的事，
就要要求自己也不能说。

因为人有时候没那么坚强，
即使我们再如何想忘，
也常常做不到。

就像是，
我们都希望自己可以让心安适，
但却很难一样。

所以，
有时候那些无法靠自己消化掉的情绪，
你只能靠别人帮忙。
诉说，就是一种宣泄。

如此，

你就可以再多撑过一天、再一天……

直到自己能够坚强。

因此，你可以告诉我你的秘密，

哪天，

或许我也会有我的秘密想跟你交换。

我们不可以告诉其他人，

不为什么，

只因为这仅仅是，我们的约定。

约定，是拿来遵守的；

关系，也是这样建立的。

别人不这么认为没关系，

我们认为就好。

祝好。

Dear,

一种，爱的自言自语。

那些无法对他坦诚的话，
你都在夜里，拿来对自己说。

你把它当作是练习，
你想着，哪天或许就可以派上用场，
然后继续试图跟他诉说。

也或者是，
你其实在练习的是，少爱他一点。

祝好。

寂寞的时候，
我会蜷曲起自己，
假装被拥抱着。

Chapter 3

当你感到

无处可去的时候

一种思念叫香气

一个男人的告白："爱情的气味是什么？玫瑰。
因为她最爱玫瑰，就连香水也是玫瑰气味的。"

原来，爱情跟气味很像，摸不着也看不到。试图解释，但很难说得清楚，用的词汇再多，也只有当事人才明白。

第一次发现这件事情，是当你在衣柜里发现了他遗留下来的 T 恤时，因为很薄，所以很容易被忽略，但一看到就触目惊心。你原以为关于他的一切早已经清理干净，房间、浴室、书架……就连心，你都用了好长一段时间去清理，如此小心翼翼，就是怕哪天一不小心就会招惹伤心。你花了那么多的时间去确认厘清，但只消一件轻飘飘的上衣，就功亏一篑，它重重地压在你的心上，让你几乎喘不过气。

等到你稍微恢复呼吸，第一个蹿进你的鼻腔的就是他的味道，那特有的厚重气息。这件上衣是他常穿的，之前偶尔会遗留下来，你帮他洗过几次，但不管它在洗衣槽里翻滚过多少回，就是冲不掉他的味道。你猜，那是混合了你的与他的洗衣液，以及饱含了他的汗水味所调配出来的独一无二的气味。当然，其中还有更多的是时间的累积。所以，别人调配不出也模仿不来，就像是爱情。你这才懂了，原来这是属于你们的爱情香气。

　　也跟香水很像，配方多一点、少一些，味道就会完全不同，旁人闻不出差别，但只要相处得够长久，一嗅就会知道其中不同。

　　于是，之后只要某个人身上的衣物使用了同样牌子的洗衣液，即使只是路过，那类似的气味，都会让你想起他。一种思念，在那个气味之前，你无所遁形。然而，最可怕之处在于不管你遇过多少人，却没有谁可以真的像他，他们每一个人都只是提醒了他的存在。也因此，你如此费心劳力地避开所有可能伤心的开关，像是咖啡馆、十字路口、公园椅，就连最近的地铁出口你都刻意远绕，但唯独气味，你怎么样都找不到方法去回避。

气味最可怕的地方在于它的无形，它会在你毫无防备的时候突袭，因为看不到，所以逃不了。你无时无刻不在躲，因此也证明他一直都在。这是你最后才体悟到的事。

再后来，你花了很长一段时间想要用其他味道去覆盖他的味道，才发现往往是一场徒劳无功。就像是低分试卷，你打算用立可白涂改成绩，而不是改正错误，你面对失败的爱情方式，就是不看它。跟着你也猛地惊觉，这其实是逃避，就因为忘不了，所以才需要一直提醒自己不该去记得。你打算用最肤浅的方法抹去最深刻的回忆，这是一种取巧、一种便宜行事，难怪会无功而返。

一直到了最后你才会如此去想，他的衣服其

实只是一个纪念品，是你们相爱的过程之一，就像你小时候得到的好宝宝贴纸一样，都是好的。它应该是提醒了你自己曾经如此美好，示意着将来的可能，而不仅仅是标记伤心而已。你不要再让过去挡在未来前面。

终于，你不再别过头去刻意忽略或是假装忘记，但也不会穿上它当作是被他所拥抱。你知道，自己目前做不到的，时间有天会帮忙稀释一点，只要再加上自己的努力就可以。有时候，越用力遗忘，反而越深刻；不要心急，反而会更好。

而他的气味，有天你终会归还。现在的你只要收藏起它，单单只是记得这个气味，这个爱情的气味，然后去灌溉培养，等有天再开出新的芬芳。

Dear,

你说，
要去喜欢一个人，
就是要忘记他的缺点，
放大他的优点。

我说，
若是喜欢一个人，
应该是要喜欢他的优点，
接受他的缺点。

因为，
逃避不是一种恋爱的方式，
学习如何去调整爱的态度才是。

祝好。

两个人在一起，
就一定会有好也有不好，
因为，两者常常是对照出来的。
但愿，我们放大的部分都是，爱。

Dear,

人，是不可能回到从前的。

没有人可以真的回到从前，
一旦爱过了，就不一样了。

就像是膝盖上的疤痕，
只要跌过一次跤，
身上就会永远记住。
只要是爱过的人都会知道。

也像是他还在你的心里，
从来就没有离开过一样。

对你而言，只有时间往前了，
但你的心，却没有。
它一直留在他转身的那一刻。

可是我想，
一定是有人忘记提醒你，
其实你也可以掉头，然后往前走。
你一定是忘了还有这个选择。

你不是非要注视着他的背影不可，
你可以选择看看蓝天白云，
请你抬头看看，属于自己的蓝天白云。

祝好。

Dear,

常常爱情，
只有"要"或"不要"两个决定。

然后，不管是哪个决定，
最终都只能去很努力。

要了，就努力去爱一个人；
不要了，就努力去遗忘一个人。
最怕的是，爱了轻易就反悔，
决定不爱了却又拖着不放。

你可以努力去让爱情变好，
但不要强求，所有的爱情都会好。

祝好。

"吸食过量，有得身体健康。"
抽的每一口都是思念，
呼出来的都是寂寞。

Dear,

你看着他离去的背影，不肯转身。
就像是背对着未来往前走。

不仅看不见未来，
离过去也越来越远，
未来与过去，你都失去了。

而你，以为这是一种纪念。

你拥有最多的，
却不是与他的回忆，
而是自己的悲伤。

于是，你学着转过身，
才发现，过去并没有被你抛弃，
反而跟着你往前的步伐，
一起走向了未来。

你将他曾有的好留在身后，
再试着把要给他的好给别人，
你要开始练习，对另一个人好。

你也开始练习，
自己的未来，不再包含着他。

祝好。

Dear,

人之所以会不开心，
并不是因为失去什么或是得不到什么，
而仅仅是，
自己注视着无法拥有的东西。

其实快乐并没有远离你，
是你把悲伤揽在身上，然后叫苦。

祝好。

他离开以后，你仍留着他的牙刷，
你曾以为这是一种念旧。
后来才发现，这只是一种折磨。

Dear,

你会遇到一些人在说爱的坏话。
但其实，他们才是最在意爱的人。

然后，他们也会嘲笑有爱的人。
你听听就好，但不要放在心上。

因为，你要知道，
人是那种，
不会对没有感觉的事物有情绪的动物。

因此，他们笑得越是大声，
只是正好说明了他们多把爱放在心上。

你要去相信爱。

相信爱，或许不能成就爱，

但不去相信，爱只会更难。

我相信有缘分，也相信努力，

但，就是不相信不劳而获。

因为人也是那种，

只能看见自己所相信的事物的动物。

祝好。

Dear,

你问，
自己是不是做错了什么，得罪了幸福？

你试过如此多回，但一次又一次地碎裂，
每次以为抵达了幸福的终点，
原来都只是感情的终点，
让你觉得自己没有幸福的运气。

但我想，幸福不能仰赖运气。

是不是，你找错了幸福的路，
才一直抵达不了终点？
是不是，是时候该左转了？

祝好。

找路。

我试了一百种通往你心里的方法，

却怎么也没看到眼前"此路不通"的标志。

Dear,

爱情中会遇到的两种人。

有一种人，很好相处，
就像是冬天的阳光，让你忍不住想多停留；
另一种人，规则很多，
就像穿着厚外衣，让你觉得拘谨艰困。

因为阳光实在太温柔，你以为它无害，
但相处过后，你发现原来他对谁都好，
他的和善其实是空洞慰藉。
等到晒出雀斑，
你才记得有紫外线的存在。

而因为盔甲实在太笨重，你以为它穿不透，

但经过时间推移，

你才发现原来它可以挡风，

他的冷漠只是不善言辞。

等到他打开心扉，你才知道里面是暖的。

你可以晒一整天的阳光，

但日夜会交替，

真的能让你度过冬天的，

只有穿上一件大外套，

或是，躲进有外套的人的怀里。

然后，不管天气再冷，都像是春天。

祝好。

Dear,

他很好，他很上进，他很负责任，
但就是不能让你爱上。

你说，
为什么自己无法去喜欢这么好的人?
他一定会对你很好。

我说，

爱情本来就不是比谁好，

你不能勉强自己去爱他，

因为爱情已经很难，

要是再加上勉强就更不容易。

就因为爱情很难，

所以选择一个自己爱的，会比较容易。

祝好。

Dear,

出门散步去吧。
不要等待。

你并没有那么难找，
他有你的手机号码，
甚至有你所有的联络方式。

你有多为了他，他都知道。

他的无声从来都无关你的行踪，
而是他的意志。

所以，离开你的座位，出门去。
走出去，并不会使他离你更远，
但却可以让你离自己近一点。

却可以让你离悲伤远一点。

祝好。

Dear,

其实，爱情里，先认真的没输，
不认真的人才是输了。

爱情虽然是一种赌注，
但不努力，就注定全盘皆输。

你不能只把爱情当作是一种运气，
因为你把虚无缥缈摆到它上头，
它就以同样的方式对待你。

认真的人不一定会输，
而，不认真的人，
一开始连赢的机会都没有。

祝好。

爱情，
没有人会永远都拿到一手好牌，
但可以确定的是，
要是没有下场去玩，
就永远都赢不了。

Dear,

你常常觉得，生命是一出闹剧，
常常很辛苦、常常很沮丧、常常想放弃，
更常常问自己："为什么？"

会怀疑、会推翻，
然后建构再重来。
总是觉得孤单，
自己是一个人在奋战着。

但其实，
每个人都是这样的。

我们都很努力，
不让自己的生命变成一出闹剧。

每个人都是为自己所信仰的在奋斗，
觉得无法改变世界，但却又相信正义。

每个人都是用自己的方式在跟世界说话，
然后希望有天可以和解。

所以请不要觉得自己是一个人，
跟世界对抗之前，请先跟自己和解。

至少，你自己要先站在自己这边。

祝好。

Dear,

所谓的命运是，
尽了最大的努力后，
再让它发生。

而不是，什么都不做，
任由它长成某种姿态。
那不是命运，而是一种选择。

爱情也是，
我们都要很努力到不能再努力，
才为止。

不能再爱了，才是爱宣告结束的时候。

祝好。

很多时候，努力跑到终点，
并不是表示自己赢了，
而是自己尽力了、完成了。
这样，就很值得骄傲了。

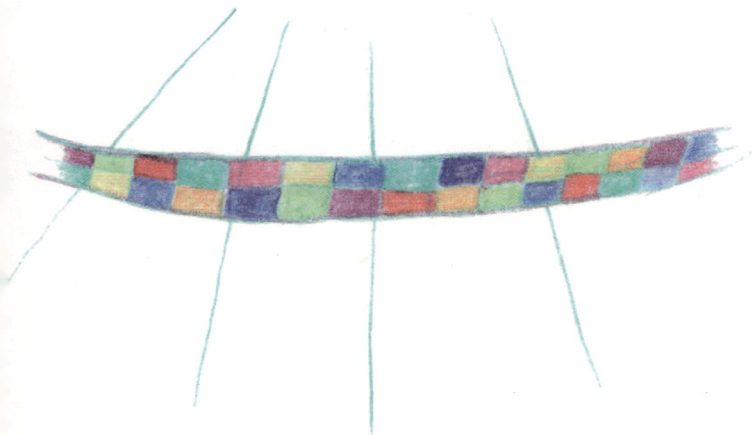

Chapter 4

当你发现

自己快要哭了的时候

不爱，请不要对我好

一个男人的告白："为什么男人不爱一个人了，还会拖着？我想是因为，还没有其他喜欢的人出现。"

看见外显的危机，如果还不远离，就是一种自愿；但最可怕的其实是，看不见的那些，往往等你发现时，跟着就粉身碎骨。爱情也是。

"两个人在一起，最多的时候只是陪伴。"你忘了曾经在哪里看过这样一句话，当下你才惊醒，或许这就是爱的定义。爱情很难常保热度，因此花最大的心力去让彼此维持新鲜其实并不需要，更应该努力的是，如何把日子过得"温柔"，然后在里头相爱。因为能让两人一直往下走的并不是激情，而是心意，你因而身体力行。

但后来你才明白，这原来是一道陷阱题。因

为爱情里所有的好、所有的陪伴，都应该建立在
"爱"上头，这是你们之所以称为"恋人"而不
是朋友的根基。可是，常常"好"跟"爱"会叫
人分不清楚，因为爱一个人就会想对他好，那是
一种发自内心的本能；然而，对一个人好，却不
一定就是爱。就像是"我觉得我应该对你好"与
"我想要对你好"，两者很像，但其实很不一样。
就像是爱跟喜欢也很像，可其实天差地远。

　　爱可以是一种习惯，但是，习惯却不一定是
一种爱。这是你后来才有的体悟。

　　也更像是，他还是同样对你好，同样待在你
身边，一如往常，这也很像是爱，你也以为这是爱，
只是、只是，怎么还是隐隐觉得不同。触碰的力
道不同了，凝视的方式有差异了，说话的语调也
不一样了，你曾经以为是自己多心，或许这是一
种感情的必然结果，只是有时候身体比心还要敏
感。但你不能去猜测，因为去质问一个人的爱太

愚蠢；你也不能去怀疑，因为他还对你好，你不能去责骂对自己好的人。

你还以为他没离开，因而等待，花了时间去守候，但没想到最后赔上的不是他，而只是自己。你也以为他哪里都没去，但后来才发现其实他不用去远方，就可以把你锁在门外。就因为看不见，所以逃不了。然而，他还是在对你笑，爱情里的笑里藏刀，你以为他的嘴角是上扬的，但没发现微笑的弧线很像一把弯刀。但因为太温柔，所以防不了。终于你明白了，不爱的好，原来比什么都要危险。

原来，不爱的好，像是没有燃点的火焰，你以为很热，但其实煮沸不了任何东西。

而在所有不爱的好的危险之中，最可怕的并不是推翻了过去，而是终结了未来，它阻断了你所有未来的可能性，所有再次拥有爱的机会。因此，如果再没有爱了，请尽早说；如果再不想待在我身边，请不要非要把我留下来。因为这样，会让我有了错觉，而最终这样的误解，都会回过头来变成伤害。

如果不爱了，请不要对我好，再把我的未来还给我。因为，你还想去爱，还想要有个人来爱你。

Dear,

请不要去后悔那些曾经。

一直懊悔着过去，
希望自己没做那件事，
要是当初没那么做多好，
就等于是否定了现在的自己。

因为所有的过去，都让你变成了现在的自己。

因此，不要去后悔，把力气拿来往前看，
不要让"现在"变成了"未来的后悔"，
才是重要的。

然后，别忘了，要相信自己。

祝好。

爱情，
并不是勤灌溉、细照料，
就可以开花结果。
但你更知道，
要是不去努力，就更长不好。

Dear,

你怀疑，他是否爱过你。

你用了好几个夜晚，
把建筑起来的推翻，
然后又建造、再推翻……

你伤心、不服气、不甘心，
但还是想要他回来。

你翻搅着自己的心，
只是想证明他曾经爱过，
否则，他现在怎能如此冷酷。

你把眼泪流成海，自己变成了鱼，

在伤心里优游。

然后，还在问、还要问。

但是，他是爱你的。

这是真的。

只是你忘了，他的爱已经是过去时，

而你是现在进行时。

你的追问，

要不回你的过去，也抵达不了将来。

他的爱，虽然没有跟着你一起往前走，

但是，你却必须把自己活成未来时。

祝好。

Dear,

离不开一个人，

其实并不是因为他很好，

而是因为你只想着他的好。

你害怕再也遇不到这样一个人。

但一定要去相信，

一定会有一个人出现，

然后对你很好。

下一个爱你的人，

也一定会对你这么好。

要这样提醒自己。

受过伤的人，

要再去相信爱情很难，

但是，我更知道，

如果去抗拒相信，爱情会更难。

祝好。

Dear,

他向你坦承他爱上了另一个人，

但也舍不得你。

他问你：

"有没有让三个人都开心的方法？"

你答：

"有。

就是我退出，然后找另一个人相爱，

这样不只有三个人会幸福，

会有四个，是不是更好？"

我们都知道这是一种逃避，

他不想当坏人，所以把他的问题丢给你。

但你更知道的是，犯错的人是他，

他的问题不应该由你帮他解决。

他不能利用你的舍不得，

这是一种卑鄙。

而且，你再也不想拿别人的错来惩罚自己。

你可以很宠他，像个小孩，

但并不是要他真的当个小孩。

因为，

那是你对他的好，不是一种爱的特权。

祝好。

Dear,

请不要对我好。

如果我们没有未来，请不要对我好，

这样的好，只是一种残酷。

一种有美好想象，但注定破灭的错觉。

不要对我好，我不乏对我好的人，

我欠缺的是，你爱我。

祝好。

有些人，因为太好亲近，
所以让人错觉美好，
一不小心就叫人忘了照看自己。
等到季节一过，
只留下了难看的痕迹，
跟着烙印到心里，一年都淡不了。

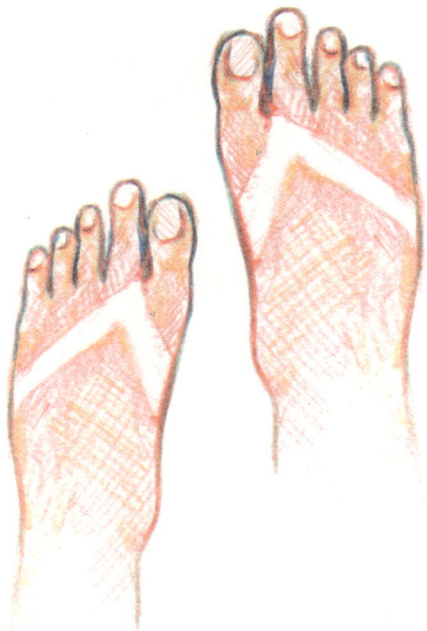

Dear,

你问我，要怎么坚强？

但其实，
坚强，并没有所谓的方法。
我也找不到。

心就是会痛，眼泪就是会不由自主地流下，
尤其在黑夜时，
常觉得自己就要撑不下去了。
或者是，
无论任何方法都无法让你感到被抚慰。

聊天、阅读、踏青，或是买醉，
都无法帮助你解决问题。

它们只是帮助你暂时逃开现实，

天一亮，又会回来。

我也不知道要怎么坚强，
在大多数时候，
你只能告诉自己，要努力，不要放弃，
然后，有天，就能熬过去。

一直到某天，
你会回头看，发现已经雨过天晴，
然后，庆幸自己没有放弃。

撑下去，本身就是方法。
你唯一能做的，就只是撑下去。

祝好。

Dear,

世界上总会有好人与坏人。

然后，也会有一些糟糕的人。
他们没那么坏，但却会使人受伤。

例如在感情上，
明知道对方有另一半了，却硬要去招惹；
分手后，还会跑到对方楼下去等人；
或是，刻意煽动挑拨感情。

他们没有杀人放火，
但却做了一些坏的事，
而且，他们也知道自己在做坏事，
但却还是去做了。

因为这样的人，通常只管自己的快乐。

你可以对他生气，但气一下就好。

也不要去骂他，

因为他都敢做那些事了，

你的骂，对他无关痛痒。

你只要离他远一点就好，

然后，期许自己不要变成那样的人。

这就是这种人存在的意义。

祝好。

Dear,

你流着眼泪跟我说："他负了我。"
我却感到欣慰。
"但是，你没有辜负自己。"我说。

我们都知道，
一个人无法要求另一个人去为自己做什么，
更何况是爱。

而我没有看到你在爱里退却，
没有因为艰辛而逃避，
你给了自己一次去爱人的机会。
光这个，就已经很珍贵。

流眼泪也很好，那表示还有爱的力气。

或许别人可以辜负你，
但起码你可以做到对爱负责。
光是这样，就已经很珍贵了。

你给了自己一次去爱人的机会。
这样，就已经很珍贵。
因为，爱的珍贵不在于拥有，而是给予。

祝好。

Dear,

请不要把爱情当竞赛，
不要去计较谁对谁比较好，
因为你永远不知道会输掉什么。

更因为，
你永远都没有输的本钱。
每一次心碎都是一败涂地。

祝好。

"我找到存根条了。"
如果我们的爱已经到期了,
那么, 可不可以把我暂存在你那里的心
还给我?

肆

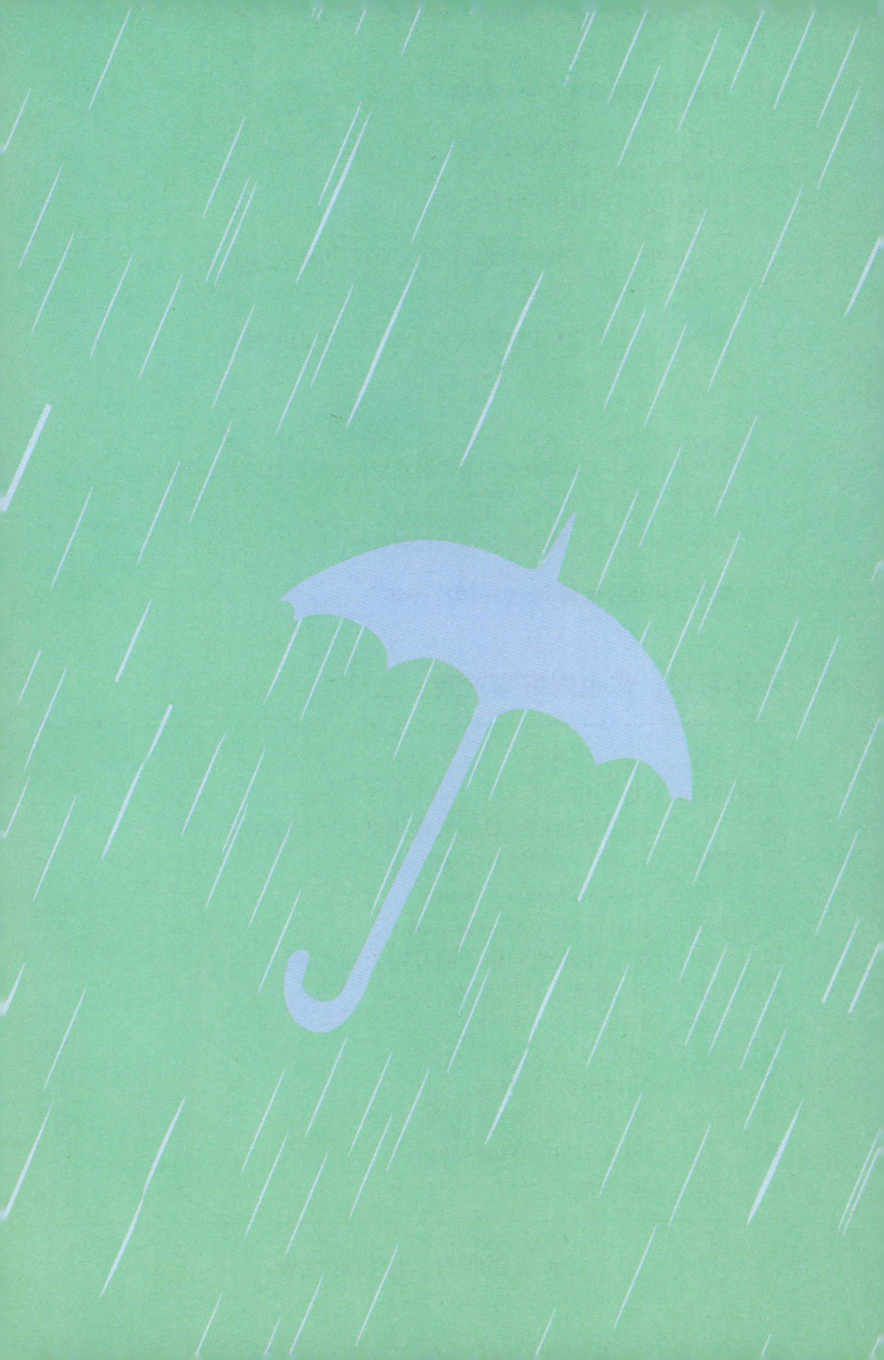

图书在版编目（CIP）数据

可不可以，你也刚好喜欢我 / 肆一著.—北京：
九州出版社, 2017.8
ISBN 978-7-5108-5917-5

Ⅰ.①可… Ⅱ.①肆… Ⅲ.①散文集—中国—当代
Ⅳ.①I267

中国版本图书馆CIP数据核字（2017）第239368号

版权合同登记号 图字：01-2017-6467

可不可以，你也刚好喜欢我

作　者	肆一 著
出版发行	九州出版社
地　址	北京市西城区阜外大街甲35号（100037）
发行电话	（010）68992190/3/5/6
网　址	www.jiuzhoupress.com
电子邮箱	jiuzhou@jiuzhoupress.com
印　刷	北京市雅迪彩色印刷有限公司
开　本	787毫米×1092毫米　32开
印　张	5.25
字　数	60千字
版　次	2017年11月第1版
印　次	2017年11月第1次印刷
书　号	ISBN 978-7-5108-5917-5
定　价	36.80元